Die Welt von Jane Austen:

Während Jane Austen und ihre Schwester Cassandra 1783 Schülerinnen in Oxford waren, passierte anderswo etwas Bemerkenswertes:

Alfred Louis Vail und Samuel Morse erfanden einen Telegrafen und den Morsecode.

Die Brüder Montgolfier ließen den ersten Heißluftballon steigen.

Charles Darwin veröffentlichte die Evolutionstheorie.

Stolz und Vorurteil:

Was verschafft Jane Bennet Zeit mit Mr. Bingley?

- Ein verlorener Handschuh
- Ein entlaufenes Haustier
- Eine Erkältung

Die Welt von Jane Austen:

Welche Handlung steht in Jane Austens Zeit symbolisch für ein inniges Verhältnis?

Man trank mit eingehakten Armen ein alkoholisches Getränk.

Man verschenkte eine abgeschnittene Haarlocke.

Man vermischte Blutstropfen mit Tinte und unterschrieb damit Briefe.

Stolz und Vorurteil:

Der Vorname von Mr. Darcy lautet:

John

Edward

Fitzwilliam

Mansfield Park:

Als Mr. Betram von seiner Antigua-Reise zurückkehrt, ist er entsetzt über …

- die Gleichgültigkeit gegenüber den Arbeitsbedingungen auf den Plantagen.
- den Zustand seiner Kutsche, die seine Söhne zwischenzeitlich benutzt haben.
- das Theaterstück, das seine Kinder und deren Freunde proben.

Die Welt von Jane Austen:

Was waren Jane Austens Hobbys neben dem Schreiben?

Cricket, Whist, Billard

Tanzen, Klavierspielen, Handarbeiten

Reiten, Jagen, Hundezucht

Stolz und Vorurteil:

Auf einem Ball blamiert sich Mary Bennet, denn sie…

ist völlig betrunken.

will nicht aufhören zu singen.

stellt sich beim Tanzen ungeschickt an.

Northanger Abbey:

Aus welchem Grund verlangt General Tilney Catherine Morlands Abreise von Northanger Abbey?

Weil sie mit den falschen Personen befreundet ist.

Weil Catherine Gerüchte über ihn verbreitet hat.

Weil sie ärmer ist als er vermutet hatte.

Die Welt von Jane Austen:

Welche Austen Charaktere sind heimlich verlobt?

Fanny Price, Mary Crawford, Edmund Bertram und Mr. Elton

Henry Thorpe, Mr. Knightley, Harriet Smith und Isabella Thorpe

Lucy Steele, Jane Fairfax, Edward Ferrars und Frank Churchill

Stolz und Vorurteil:

Wofür kritisiert Caroline Bingley Elizabeth Bennet, als diese ihre kranke Schwester auf Netherfield besuchen kommt?

Für ein fehlendes Gastgeschenk

Für ihren schmutzigen Rocksaum

Für die fehlende Anstandsdame

Northanger Abbey:

Die Avancen von Captain Tilney haben zu einer Verlobungsauflösung geführt. Wer war davon betroffen?

John Thorpe

James Morland

Mr. Collins

Die Welt von Jane Austen:

Wie viele Protagonisten der Jane Austen Romane sind Seefahrer?

etwa 5 % der genannten Figuren

etwa 20 % der genannten Figuren

etwa 40 % der genannten Figuren

Emma:

Mit wem möchte Emma Harriet zuerst verkuppeln?

Mr. Knightley

Mr. Elton

Mr. Churchill

Stolz und Vorurteil:

Was sollte eine Frau nach Meinung von Mr. Darcy unter anderem tun, um als kultiviert zu gelten?

Sie sollte als Gouvernante gearbeitet haben.

Sie sollte sich durch Lektüre fortbilden.

Sie sollte eine begnadete Whist-Spielerin sein.

Die Welt von Jane Austen:

Die Inflation durch die napoleonischen Kriege traf auch die Familie Austen. Wie viel Geld hat Jane Austen verloren?

£ 13 *(heutzutage etwa £ 1190)*

£ 175 *(heutzutage etwa £ 6850)*

£ 3892 *(heutzutage etwa £ 355474)*

Sinn und Sinnlichkeit:

Mit welchem Buch beschäftigt sich Margaret Dashwood am liebsten?

Mit ihrer Bibel

Mit ihrem Märchenbuch

Mit ihrem Atlas

Mansfield Park:

Mrs. Norris ist …

eine bösartige Katze.

die nörgelnde Tante von Fanny Price.

ein störrisches Kutschpferd.

Stolz und Vorurteil:

In „Stolz und Vorurteil“ brennt Lydia durch. Welcher Ort steht zu Jane Austens Zeit Synonym für skandalöse Hochzeiten?

Paris

Bath

Gretna Green

Northanger Abbey:

John Thorpe behauptet, dass Studenten in Oxford …

nie zu viel Alkohol trinken.

nie Vorlesungen schwänzen.

nie unvorbereitet zu Klausuren erscheinen.

Mansfield Park:

Was besitzt Familie Bertram, das ihr Sorge bereitet?

- Ein baufälliges Herrenhaus
- Eine Plantage auf Antigua
- Einen bissigen Hund

Stolz und Vorurteil:

Mr. Bingley hat zwei Schwestern. Caroline Bingley und …

Louisa Hurst

Mary Crawford

Jane Fairfax

Die Welt von Jane Austen:

Wie viele Heiratsanträge gibt es in allen sechs Jane Austen Romanen zusammen?

50 – 100

20 – 30

5 – 10

Überredung:

Anne Elliot muss das Schicksal einer alten Jungfer fürchten. Sie ist …

27 Jahre alt.

38 Jahre alt.

32 Jahre alt.

Sinn und Sinnlichkeit:

Marianne Dashwood hat einige Vorbehalte gegen Colonel Brandon. Einer davon ist ihr Verdacht, dass …

- er Flanellwesten trägt.
- sein Mantel über zehn Jahre alt ist.
- er als Mitglied des Militärs zu viel Wert auf geputzte Schuhe legt.

Die Welt von Jane Austen:

Jane Austen erklärte die Stadt Weymouth zu einem scheußlichen Ort, nachdem ihre Schwester Cassandra in einem Brief geschrieben hatte, dass …

es keine Eiscreme gibt.

keine Bälle stattfinden.

die Offiziere unhöflich sind.

Northanger Abbey:

Catherine Morland hegt einen schlimmen Verdacht gegenüber General Tilney. Was ist es?

Er war beteiligt am Tod seiner Frau.

Er ist gewalttätig zu seinem Hauspersonal.

Er hat Wettschulden.

Stolz und Vorurteil:

Wie viele Bennet-Schwestern sind am Ende des Romans noch unverheiratet?

2 – *Mary und Kitty*

3 – *Mary, Kitty und Lydia*

4 – *Mary, Kitty, Lydia und Jane*

Die Welt von Jane Austen:

Welchen dieser Orte aus Jane Austens Romanen gibt es tatsächlich?

Blaise Castle

Northanger Abbey

Hartfield

Emma:

Emmas Vater, Mr. Woodhouse, fürchtet sich sehr vor ...

Spinnen.

engen Räumen.

Zugluft.

Northanger Abbey:

Henry Tilney kennt sich mit den Nöten junger Damen aus. Er ist ein Experte …

für Korsettschnürungen.

für Haarpflege.

für Musselinstoffe.

Stolz und Vorurteil:

Welche Weisheit stammt von Mr. Bennet?

Es tut Frauen gut, ab und zu unglücklich verliebt zu sein.

Es tut Frauen gut, ab und zu in Ohnmacht zu fallen.

Es tut Frauen gut, ab und zu von einem Gentleman gerettet werden zu müssen.

Sinn und Sinnlichkeit:

Wer gehört zu Mariannes Lieblingsautoren?

Mary Shelley, Elizabeth Inchbald und Ann Radcliffe

Frances Burney, E.T.A Hoffmann, Novalis

Shakespeare, Sir Walter Scott und Alexander Pope

Die Welt von Jane Austen:

Welche Romanfigur sagt: „Halb leide, halb hoffe ich. Sagen Sie nicht, dass ich zu spät komme, dass solch edle Gefühle für immer entschwunden sind."

Mr. Knightley *(Emma)*

Mr. Darcy *(Stolz und Vorurteil)*

Captain Frederick Wentworth *(Überredung)*

Überredung:

Der Vater von Anne Elliot hat einen Adelstitel. Er ist ein …

Baronet.

Marquess.

Earl.

Sinn und Sinnlichkeit:

Wie hoch ist das Jahreseinkommen der Dashwoods nach dem Tod von Mr. Dashwood?

£ 500 pro Jahr
(heutzutage etwa £ 45700)

£ 10000 pro Jahr
(heutzutage etwa £ 913400)

£ 5000 pro Jahr
(heutzutage etwa £ 456700)

Emma:

Wen beleidigt Emma?

Mrs. Elton

Mrs. Perry

Mrs. Bates

Northanger Abbey:

Das Lieblingsbuch von Catherine Morland ist …

„Der italienische Bettelmönch."

„Die Geheimnisse von Udolpho."

„Der schwarze Ritter aus dem Teufelsmoor."

Mansfield Park:

Fanny Price steht vor einem moralischen Dilemma, weil sie …

zu viele Einladungen zu Verabredungen hat.

zu viele Ketten geschenkt bekommt.

zu viele Aufforderungen zum Tanzen bekommt.

Stolz und Vorurteil:

Mr. Collins heiratet Charlotte Lucas. Sie war allerdings nicht seine erste Wahl, sondern …

seine dritte Wahl

seine zweite Wahl

seine fünfte Wahl

Die Welt von Jane Austen:

Jane Austen erhielt einen Heiratsantrag von einem Bekannten. Ihre Reaktion war:

Sie warf ihm ein Buch an den Kopf und sprach nie wieder mit ihm.

Sie musste lachen und verkuppelte ihn anschließend mit ihrer Schwester.

Sie nahm den Antrag an, überlegte es sich dann anders und sagte am nächsten Tag ab.

Spielempfehlung

Dieses Quiz ist alleine oder, bei geschickter Teambildung, in einer beliebig großen Gruppe spielbar.

Das Quiz besteht aus 40 Fragekarten mit je drei Antwortmöglichkeiten, von denen immer eine Antwort richtig ist. Empfohlenes Zubehör beim Spiel in einer Gruppe sind ein Notizzettel und ein Stift, um die Anzahl der richtigen Antworten pro Person oder pro Team zu notieren.

Ablauf: Die Person, die zuletzt in Großbritannien war, darf die erste Karte vorlesen, ohne jedoch die Symbole vor den Antwortmöglichkeiten zu nennen. Das Symbol auf der Rückseite der Karte verrät, welche Antwort die Richtige ist. Gewonnen hat, wer die meisten richtigen Antworten gibt.

Die Spielregeln können nach Belieben erweitert oder verschärft werden, etwa indem eine Zeitvorgabe für die Antwort gesetzt wird.

Viel Spaß beim Rätseln!